COLLECTION FOLIO

Régine Detambel

Graveurs d'enfance

Gallimard

Cet ouvrage a été précédemment publié
par Christian Bourgois éditeur en 1993.

Née dans les années soixante, Régine Detambel se consacre à la littérature et à l'animation d'ateliers d'écriture. La cruauté de l'enfance et les métamorphoses de l'adolescence forment la matière de nombre de ses ouvrages. Traduite dans plus de dix pays, elle a publié une trentaine de romans et récits, notamment aux Éditions Julliard et Gallimard. *La chambre d'écho,* son dernier roman, vient de paraître aux Éditions du Seuil.

Son site www.detambel.com permet de mieux la connaître.

Pour Sophie

*Elle copiait, au même pupitre,
sur un cahier à tranche nette, les cinq
premiers mots du latin : la rose, le
maître, le temple, j'aime et je suis.*

Le Crayon Noir

Le Crayon Noir est le premier outil de paroi. À tailler comme un silex, marquant sur tous les plans quelle qu'en soit l'orientation, il n'est guère plus, en apparence, qu'un mince bout de graphite, un long morceau de combustible glissé dans un étui de bois sec à tête laquée. L'étui, peint et verni, a la sécheresse d'une épine, le charbon l'humidité de la terre.

Avec le Crayon Noir, on touche aux premiers sols, aux Indes Noires, à la terre profonde, au centre des couches empilées, à la mine, aux étais, aux puits, aux ascenseurs, aux pioches, aux casques. Au grisou. Gris, oui, son coup sur le papier blanc.

Le Crayon Noir a la mine claire quand elle est dure et tendre quand elle est foncée. À l'intérieur de l'étui de bois, invisible, cette mine peut se briser, des années durant se carier, sans qu'on en ait le moindre soupçon, et tomber, brusquement, entraînée par son propre poids, comme un chicot.

Le Crayon Noir est à la fois le premier instrument et la première encre du tatouage écolier. L'aiguille n'est pas douloureuse, la couleur est délébile. Pourtant, sur le blanc de l'avant-bras, les petits coups de mine appuyés font des dessins durables, pointillés, noir et rouge.

La Boîte
De Crayons De Couleur

Plate imitation d'arc-en-ciel, la Boîte De Crayons De Couleur n'est jamais longtemps maintenue dans l'ordre immuable du spectre. C'est ainsi pourtant qu'on la vend et c'est ainsi qu'on la découvre, vraie palissade en trois dimensions, géométrique et disciplinée. Après quelques semaines d'usage, déjà l'arc est oublié, le ciel et la lumière n'ont plus rien à voir avec la Boîte où l'on a classé, par goût, les Crayons inégalement affûtés. Toutes les couleurs ternes, fades, les au-delà, les en deçà, les moroses, les inutiles, les inférieures, les inavouables, les invraisemblables sont rangées à l'écart et font un amalgame aussi sale que la pâte à modeler vingt fois pétrie. Par exemple, un Crayon gris, un violet, un marron, un noirâtre, un bleui, un verdi, sont rassemblés, pointus, presque intouchés, longueur initiale, dans le petit ghetto des laids.

Mais, sur l'autre bord : jaunes de Venise, rouges

de gondole, verts de mousse, bleus, tout cela sert et s'est usé. Extraordinaire éventail de plumes de perroquets.

Souvent, le fond de la Boîte De Crayons De Couleur est tapissé d'un carton fin, gaufré, ondulé au moule pour lui donner la faculté de recevoir et séparer chacun des Crayons. Ce carton est généralement couvert de pointillés multicolores, produits quand les Crayons dérapent en réintégrant leur case. Nappe couverte de taches d'après-dîner, où culminent les vins, les œufs, les soupes aux herbes et le curaçao.

Le Stylo À Bille Quatre-Couleurs

Le Quatre-Couleurs est muni, à son extrémité supérieure, d'une sphère blanche, polie, autant que la boule de buis d'un escalier, brillante autant qu'un grain de raisin vert. Tout comme le fruit, elle est attachée au corps du Quatre-Couleurs par un mince, très ténu pédoncule. Parfois, à force de persévérance et si les quatre incisives de l'écolier sont suffisamment fines et coupantes pour atteindre le pédoncule et le sectionner, le Quatre-Couleurs a l'aspect dénudé d'une statue découronnée, dépouillée de son diadème.

Quatre poussoirs rectangulaires, disposés en rond et verticalement autour de la tête du Quatre-Couleurs, permettent de sélectionner l'encre de son choix. L'ongle du pouce, en général, agit sur ces rectangles qu'un système de ressorts à boudins maintiendra enclenchés. Un tic extrêmement répandu consiste à manipuler les boutons-poussoirs sans vraie nécessité : pour l'agaçant plaisir du clac. Il arrive souvent, dans ces conditions, qu'un Quatre-Couleurs porté à la bouche cogne douloureusement les dents. Le puissant ressort du poussoir fait alors résonner la mâchoire.

Il ressemble à un barillet chargé de quatre billes avec quoi l'on joue, fantaisiste, à la roulette russe.

Démontage et inversion des mines situées dans le corps du Quatre-Couleurs font une farce de choix et le désespoir des coloristes.

Le Stylo À Bille Cristal

Le Stylo Cristal est tout entier transparent, abondant et liquide. De sorte qu'en lui, on voit baisser le niveau d'encre au fur et à mesure qu'on le promène et qu'il perd, le long du chemin, sa substance et sa moelle. Ainsi des camions qui sèment sur le goudron le gravier qu'ils contiennent, le sable, le ciment, comme une ligne de poudre explosive, parfaitement rectiligne. Ainsi des voitures dont le réservoir (essence, eau, huile, liquide de frein...) perd. Ainsi, le Stylo Cristal perd. Et on voudrait lui conseiller de prendre au sérieux cette hémorragie.

En conséquence, la qualité la plus sensible du Stylo Cristal est son humilité de chien. La Bille large, veloutée, lisse, est un œil larmoyant, une babine humide, une truffe affairée, fraîche. Tout cela déborde en larges coups de langue. La tendresse fuit, l'étalage d'affection raccourcit d'autant l'espérance de vie du Stylo Cristal, accélère son tarissement.

Le Stylo Cristal, corps de section hexagonale, ne blesse évidemment pas les trois doigts qui le tiennent. Incorrigible, il bave des bleus de gouache, noirs de graisse recuite, rouge, vert de coquelicot, longs à nettoyer.

Enfin, il y a toujours un poil de lainage, un cil de poupée, un duvet de chardon à demi noyé, pris au piège de l'encre, comme si le Stylo Cristal chassait, fourmilier ou caméléon, avec toute sa salive pour arme.

Le Stylo À Bille Bleu
Dont Le Corps Est Orange

Sec, dur, laissant après lui une ornière inesthétique (donc inapte à inscrire sans graver), le Stylo À Bille Bleu Dont Le Corps Est Orange, et qui n'est pas rechargeable d'une nouvelle énergie liquide, a l'aspect pointu, mauvais et nettement antipathique de qui arbore une trop petite Bille pour un si grand Corps.

La sphère, minuscule et impitoyable, pénètre l'épaisseur des feuilles superposées, les marque comme un oreiller une joue, comme un fouet le dos, comme un bracelet-montre un poignet. Et plus le cahier est épais ou la rame copieuse, plus la Bille est cruelle, s'enfonce, creuse, crapahute, sur le trop moelleux matelas. Tout en force et muette brutalité, copie sans carbone, elle en poinçonnera l'ultime feuille.

Quand, d'aventure, une page, une seule, lui est fournie, alors la Bille, acier tranchant, roulante roulette à pâte à pain, découpe-pizza, tranche-brioche, fil à couper, alors la Bille éventre le papier. Disons simplement : le balafre. L'effet en est spectaculaire mais il ne s'agit que d'une griffure simple, égratignure droite et sans complications ultérieures, scarification au premier sang. Et pourtant, irréversible.

Le Stylo À Bille Bleu Dont Le Corps Est Orange souffre de trop de sécheresse. On dit, compliment, sa pointe fine. En vérité, elle est aiguë : ce qui la rend si détestable. Et le Corps Orange à la maigreur hexagonale s'enfonce dans la chair tendre à l'intérieur du doigt majeur, en soulève les peaux rongées et celles, près de l'ongle, enflammées, que certains appellent des envies. La dernière phalange du pouce, la dernière de l'index appuient également sur les arêtes de l'hexagone. Bref, qui guide le Stylo À Bille Bleu Dont Le Corps Est Orange en gardera la marque rouge. Mauvais outil, dont tous les organes, aussi malencontreusement, abîment la matière.

Le Stylo À Bille Noir
Dont Le Corps Est Orange

Ce mauvais outil porte un capuchon noir, qui peut aussi manquer tout à fait. Par le rêveur et le méditatif être tété. Par le nerveux déchiqueté ou bien mastiqué avec des claquements de plastique en succion. Le capuchon noir s'imprègne vite de l'odeur des salives sèches. Pourtant, à l'intérieur — au fond du bonnet, en quelque sorte — on peut flairer l'encre chaque soir protégée. L'odeur y est aussi intime que sur les cheveux des hommes le lait, le shampooing, le sébum.

L'agrafe (ressemble à une baïonnette) du capuchon lui permet de se pendre aux poches de blouse, de veste, intérieures, extérieures, poitrines, fessières, et même de se prendre aux cheveux. Avec l'agrafe, on se torture la bouche, triture la langue, on frotte — dos de buffle contre l'écorce — la face d'une dent pour en ramener une colle blanche au goût de poisson fade.

L'organe vital du Stylo À Bille Noir Dont Le Corps Est Orange est une molle tuyauterie contenant l'indélébile, et mal protégée des intempéries et secousses. Son contenu, en apparence huileux, est l'encre noire. Enfin, cette fragile tubulure est maintenue dans le Corps Orange à l'aide d'un petit champignon de plastique, chapeau rond et convexe, situé à l'extrémité du Stylo opposée au capuchon. On égare rapidement ce champignon, ce qui donne au Stylo un air creux. Mâcher ce champignon noir procure un bonheur de gourmet : élasticité de seiche, avant-goût de viande à fibres, il se déformera jusqu'à l'aplatissement définitif. Puis il sera jeté, pour les mêmes ingrates raisons que le chewing-gum et quelques autres bonheurs de langue. Il sera jeté parce qu'il n'a plus de goût.

Le Pot À Crayons

Le Pot À Crayons présente les mêmes avantages et les mêmes inconvénients que le vase destiné aux fleurs à tiges courtes. Il en est une miniature, rarement de Baccarat, présentant le même aspect de cylindre creux qu'il faudra remplir mais qui, déjà, égaie par son joli vide décoratif.

Il est difficile, voire impossible, d'estimer la contenance du Pot À Crayons. Et, trop souvent, on présente à sa gueule un véritable fagot de bois et plastiques mélangés, ciseaux, feutres épais, bref une foire, un bazar, une pléthore qui lui donnera l'indigestion.

Surtout, se défier de la pesanteur. Un stylo, pointe en bas, souffre autant qu'un novice parmi les yogis, des heures inversé, debout sur les coudes. Il se pose, pour tous les corps plastiques ou métalliques contenant des liquides, un vrai problème circulatoire. Combien perdront leur encre, des jours, sans secours, jusqu'à la dernière goutte, jusqu'à remplir leur capuchon ? Combien de stylos-plumes se laisseront aller ? Combien de feutres verront le sang leur monter à la tête ? Mais rangez-les, ces corps, comme vous le pensez juste, c'est-à-dire, grossièrement, tête en haut, à la façon des bipèdes, et vous serez surpris. Les pointes seront sèches, les plumes rêches, les mines amorphes et malhabiles comme des nez bleus, des doigts sans gants dans la neige.

Ce qu'il fallait démontrer, c'est que le Pot À Crayons est une trop radicale solution d'ordre. Les outils à mains sont faits pour être couchés à plat ou légèrement inclinés dans la paume. Ne pas leur imposer un ordre vertical : ils le feraient payer d'une vomissure ou d'une sécheresse.

Les doigts sont très imprécis quand ils touchent au Pot À Crayons. S'ils ont la prétention de trouver, sans l'aide du regard, au toucher simple, à la seule mémoire tactile, ils se créent des illusions de courte paille. Le stylo que l'on veut est défendu par une muraille de feutres géants. La forêt cache les arbres et il n'est de meilleur endroit pour dissimuler un crayon court que ce cylindre creux d'inestimable contenance.

Sur le fond du Pot À Crayons, où les a attirés leur poids, les petits objets denses et lourds (taille-crayons, etc.), irrécupérables sans faire le vide, ont sombré ou bien restent suspendus entre deux eaux. La punaise est la plus redoutable. Bête au dard oublié, couchée, le ventre en l'air sur ces grands fonds, elle attend le gras du doigt.

Le Taille-Crayon
En Aluminium

Pourvu d'une lame de rasoir véritable, aiguisée et strictement vissée, le Taille-Crayon a le premier abord naïf d'un gadget espion. Au second regard, c'est un pacifiste écorcheur de baguettes. Au troisième assaut, c'est un fabricant de copeaux. Quatrièmement, il est faiseur d'escaliers en colimaçon. Mon tout est une scierie portative, acharnée à construire des spirales.

D'où la très grande facilité d'un rapprochement avec l'escargot, aspect de coquillage muni d'un organe sécréteur de nacre, bigorneau sans opercule. Mais toute comparaison marine s'arrêterait là : le Taille-Crayon rouille aisément.

Le Taille-Crayon présente un orifice conique en forme de narine et couvert de poussière de bois. On y sent d'anciens pollens et de nouvelles résines. On éternue. Seuil de menuiserie, porte d'ébéniste, crissement de mobilier brut et neuf. Le jeu de la spirale la plus longue nécessite autant d'adresse que celui de l'orange pelée d'un coup. Et, tandis que le crayon disparaît d'un côté, il se reforme de l'autre, en monticule, quantité de matière invraisemblable, dégainée, que l'on ne s'attendait pas à voir surgir d'un corps si frêle.

Manœuvre hérissant les poils comme un ongle au tableau : tailler ce qui n'est pas de bois. Un feutre, par exemple. Avec des frissons de mélomane, écouter crisser le plastique. Pour conclure, tenter la même opération avec du métal.

Conseils pour bien tailler un crayon : les doigts, la main, le poignet surtout, l'avant-bras sont souples : pousser, tourner à poing fermé, de la gauche vers la droite (pour le droitier), au rythme de masturbation, avec la même énergie.

La Gomme Bicolore

La Gomme est une matière non sucrée, peu comestible, rarement toxique, à classer parmi les chewing-gum, guimauve et pain rassis que l'humidité a rendu élastiques. La Gomme est douce et mystérieuse, à consistance d'athlète. C'est assez dire sa souple force.

Simple employée au nettoiement, elle a, pour le papier, l'attention d'un peintre municipal à l'égard d'un mur chaque nuit souillé. Gommer, c'est user contre le papier un parallélépipède aux vertus amnésiques. La Gomme perd sa substance, la trace du crayon noir disparaît, toutes deux fondent dans ces petits rouleaux de crasse mousseuse que le tranchant de la main dispersera et fera tomber, du pupitre sur le sol. Ramassés sur le carrelage, observés plus minutieusement, ces rouleaux serrés inspirent le dégoût des peaux mortes et font penser à des résidus de morve, roulés, noircis, entre pouce et majeur.

Enfin, il y a les Gommes. Celles qui prétendent effacer l'encre, arrachent au papier sa première couche glacée, l'effilochent et, du même coup, le rendent buvard. Celles qui froissent le papier, mauvais instruments de correction, tant elles s'acharnent. Celles qui sont taillées comme des roues et se jettent en tournant sur une lettre. Celles qui sont en latex, un côté rose, un côté bleu, et rebondissent, balles folles, selon d'imprévisibles angles. Celles qui sont en plastique blanc et que l'on baptise respectueusement Gommes d'architecte, agréables à mordre.

Et, justement, sa fermeté de chair humaine fait de la Gomme la toute première martyre. Outre la morsure, l'écorcher à l'ongle, la trouer à la punaise, la balafrer au cutter, la perforer à la pointe de l'équerre, la poignarder à la plume ou la maculer au feutre sont des voies de fait courantes. En fermant les yeux, en se laissant aller à ses instincts, l'écolier la pince et l'empoisonne, sans plus de tragédie. Simulacres de vengeance enfantine dont elle essuie les tout premiers éclats de joie criminelle.

Le Porte-Mine
À Canon Rentrant

Lâcher le crayon pour le Porte-Mine À Canon Rentrant, c'est délaisser le jouet de bois pour une arme authentique : Canon et Mine à mouiller, sur le bout de la langue. Mais tout est douloureux dans cet instrument fait pour dessiner, à l'échelle industrielle, des grenades ouvertes. À commencer par le corps en armure. Barbelé de sculptures en relief, hérissé de clous plantés comme ceux des pneus de montagne, défendu (contre quelle menace ?) par des picots de métal, il blesse sitôt saisi. On attribue à ce rude abord métallique un rôle antidérapant. Stupide outil intouchable.

Autre barbarie : on ne peut mettre le Porte-Mine à la bouche sans que monte immédiatement aux lèvres un goût de saumure, particulier aux métaux fins, salé comme la languette des piles électriques, tout à fait le goût des couvercles de boîtes de conserve léchées. Inutile de décrire le frottement du métal sur l'émail des dents.

Longtemps après, ce déploiement de force devient compréhensible. C'est la fragilité de la Mine — considérée comme moelle épinière du système puisque sa section paralyserait l'ensemble — qui l'explique en l'excusant. Plus que délicate, la Mine est une merveille invalide. Si chétive qu'elle se brise hors de cet étui de transport. Sorte de maladie des os de verre.

Mais si l'on a supporté tant de douloureuses aspérités, c'est que le Porte-Mine réserve un plaisir double du désagrément. Dans le bouchon, d'un côté muni d'une gomme cylindrique, on a ménagé une étroite cavité où il convient d'enfiler la Mine pour la tailler. Le produit de cette taille ne se compte pas en écorce. Si l'on frappe le bouchon contre la table, il se vide d'un coup. Voilà un monticule de poudre noire, très grasse, dense, brillante, collante et d'une beauté de khôl, à conserver tant elle paraît précieuse et que les émerveillés ne se résolvent pas à souffler.

Le Feutre Pointe Nylon

Neuf, le Feutre n'a rien de doux. Ni caresse, ni frémissement sur le papier, mais un fouet qui claque, une roue qui grince, la Pointe crissant sur la moindre boucle, et ne s'aplatissant ni sur les virgules, ni sur les points finaux. À ce stade de son existence, le Feutre Pointe Nylon a encore la prétention d'être indéformable. Dans sa première jeunesse, il embaume la pharmacie, il pue le synthétique, empeste le colorant artificiel. Ni peinture ni pastel, ni pâte ni huile, ni cher ni poison, il pose une énigme réelle quant à son appartenance à l'un des règnes papetiers. Peut-être ressemble-t-il à un pinceau trempé dans l'encre de Chine, puis solidifié, tous poils pris dans une solide gélatine. Mais le poil est animal et le Feutre, lui, se nourrit comme une plante : par capillarité. D'ailleurs, il craint la sécheresse.

Le Feutre est un long fruit exotique, en forme

de gousse, contenant une pulpe abondante et moussue où puise la Pointe Nylon, paille aspirant à même le fruit.

Plus tard, après des contacts multipliés, la Pointe Nylon s'épate. Forme flottante, couleurs confondues, elle demande à être humidifiée souvent à la chaleur de l'haleine. Ensuite, c'est un bain de salive qui s'impose. Malgré ces insufflations, l'écriture devient feutrée, duveteuse et discrète. Autant tracer des mots avec un coton-tige. Enfin, la pâleur de l'encre fournit à peine une efficacité d'aquarelle.

Quant à la remarquable précaution qui consiste à reboucher le Feutre Pointe Nylon avant de le jeter aux ordures, elle est encore loin d'être expliquée.

Le Marqueur Trapu

Court, trapu, massif, le Marqueur est un Pygmée dont la chevelure densément crépue a été taillée en biseau d'un coup de machette. La frisure, très serrée, est imbibée d'un suc à l'odeur terrible. Sa puissance de sels pénètre les sinus, alourdit les sourcils et fait brusquement battre les paupières. Mais si nous acceptons de subir l'infamante sauvagerie du Marqueur, c'est pour l'inestimable valeur de son encre : notre besoin d'indélébile.

Avec le Marqueur Trapu s'inscrit l'histoire de l'ineffaçable. Tout à fait inadapté à l'hésitation et au brouillon, autant dire qu'on le considère de loin, avec un certain effroi, jusqu'à la certitude. C'est fait : il n'y a plus d'autre chemin que celui qu'il vient de tracer pour l'œil. L'enfant calligraphe a le pouvoir d'un fresquiste, le rapin vaut le tagger.

Et pourtant, malgré la profondeur de son empreinte et la longueur de ses racines, le Marqueur

Trapu n'est jamais fixé pour longtemps. Sur la peau, il s'efface, passé trois douches. Sur le verre, il s'écaille à l'ongle du pouce. Pâlit sur le papier.

Fausse mythologie du pigment, mensonge de la recréation des pâtes ancestrales. Il faudrait pouvoir se salir les mains pour des millénaires, aussi prodigieusement que celles qui laissèrent aux parois des grottes leurs marques trapues.

Le Surligneur
À Pointe Biseautée

Le Surligneur À Pointe Biseautée se vend comme un rouge à lèvres et tient effectivement moins de la papeterie que du cosmétique. Tout juste si on lui reconnaît le droit de mettre sa couleur au service des hommes. Et quand il accentue, sur la page serrée, les citations les plus volatiles, il le fait comme le rouge à lèvres souligne le sang qui passe. Avec souplesse et obéissance. Le Surligneur À Pointe Biseautée est l'instrument plastique par excellence. De lui-même, il ne fera rien de nettement répréhensible et se contentera de faire remarquer ce qui existe déjà. Il interdit le caviardage. Il ne dissimule rien. Il n'est pas dissolvant. Au contraire, il dit tout ce qu'il lit. Si l'on estime sa valeur intrinsèque, on constatera qu'elle est égale à celle des clinquants de strass, du verre vert à étoiles des bouteilles consignées, des perles coloriées que les capitaines de vaisseaux explorateurs offrent avec des boîtes de clous.

Illustre inconnu, brillant anonyme, le Surligneur est faire-valoir. Même l'étymologie ne lui vient pas en aide. Sa fluorescence est sa capacité à transformer la lumière reçue des autres, et à la retourner, sans y toucher. Son rôle est celui d'un index. Rayon de soleil accusateur, ombre de cime pointée sur un coffre enfoui, il matérialise la croix sur la carte au trésor.

Le Compas Chromé Brillant

Élégance louche et précision aiguë, le Compas Chromé Brillant a l'allure masculine d'un grand individu travesti. Bien qu'il semble inadapté à la marche en raison de la hauteur de ses talons, le Compas sait une danse facile, un pas compassé, aussi révolu que la ronde, mais qui semble le geste unique permis par ses hanches étroites. Danseur bipède donc, émoussant ses pointes sur le parquet ciré et s'autorisant de grands écarts maladroits, ou plutôt patineur prisonnier de la piste, aux longues jambes de faon, il est image glissante de lac gelé.

Au-delà de ces rêveries pointilleuses, il y a l'outil même, avec ses deux segments bien équilibrés (d'un côté, le point d'ancrage : une aiguille effilée ; de l'autre, le point encreur : mine de graphite ou plume à dessin) qui font de la trousse une corbeille de dattes où trouver l'aspic à tout coup. Sous l'ongle du majeur — le doigt le plus long est le plus exposé — la piqûre est très douloureuse.

Des cercles tracés, rien à dire puisqu'ils sont parfaits. Tout cercle est une cible percée au mille. Mais son coût mérite d'être signalé. Un cercle est une perforation obligée et, par conséquent, une détérioration flagrante du support. Donnons pour base que le centre d'un cercle moyennement appuyé traverse vingt feuillets.

Le Double Décimètre
À Bouton Central

Lointaine réplique d'épée, le Double Décimètre À Bouton Central siffle, ploie, fouette, aide à l'endiguement et à l'utilisation des énergies inemployées. Fleuret à manier sans masque et sans plastron, poignard pour corps à corps, dague adaptée au coup fourré, il a le caractère universel des armes de taille. L'entrechoquement et le fracas de deux Doubles Décimètres suscitent des exaltations de duel. Et c'est ainsi qu'il finit, brisé en deux morceaux par la guerre. À moins que sa rectitude de levier n'ait plus sûrement attiré l'attention et qu'il ne soit cassé net sous le trop lourd couvercle du pupitre.

Tirer un trait n'est pas à la portée de tous. Voici quelques obstacles à une belle ligne sobre et précise. Les plus courants sont les fautes de doigts : mal placés sur le Double Décimètre, trop en avant, les doigts empêchent le développement du trait. La ligne s'arrête ou bien dessine leur contour. Illusions d'optique : jamais la mine ne coïncide vraiment avec la graduation. Défaut dans le placement : la règle est trop penchée alors qu'on la croyait parallèle à une ligne idéale. On peut ajouter les dérapages, les bavures, les accidents plus graves et les cas isolés.

Le Bouton Central du Double Décimètre permet de l'employer comme toupie. Le jeu est amusant mais les pupitres à plan incliné font de mauvais supports où le tourniquet se couche et tombe. En revanche, sur le carrelage ou le linoléum, le Double Décimètre donnera sa pleine force. Mais le Bouton Central se dévisse trop aisément pour ne pas se perdre, réduisant ainsi l'objet polyvalent à une règle vulgaire et trouée.

Reste tout de même une vertu exceptionnelle dont on peut tirer parti pour donner, une minute, l'illusion de sorcellerie. Astiquer le Double Décimètre À Bouton Central avec un tissu de laine, c'est recréer l'expérience de l'électrisation par frottement. Toutefois, transporter dans sa trousse un vague laboratoire de physique ne console pas forcément de la perte d'une toupie.

La Règle Carrée

En raison de sa longueur et de sa maigreur générale, la Règle Carrée ne se range pas dans la trousse. Elle occupe dans le cartable une place diagonale et l'une de ses extrémités émerge hors du rabat. La Règle Carrée De Bois Peint ne porte pas de graduations. C'est un instrument d'appoint, peu précis à cause de la mouvante vie du bois et de sa propension à se courber ou bien à se tordre définitivement. Cependant, même voilée, la Règle De Bois Peint est une arme redoutable. Allonge importante, quatre arêtes coupantes et une finesse de banderille, elle frappe d'estoc et de taille avec une efficacité adulte. C'est pourquoi, sans doute, elle est l'instrument de prédilection des châtiments corporels. Chargée d'introduire dans l'esprit l'ordre et l'obéissance, elle frappe sèchement les cinq doigts serrés qu'on lui présente. La maladresse des tortionnaires et le nombre de coups donnés dans le vide ont désaffecté cette pratique. Mais la brûlure typique de l'après-coup, et cette impression de déchirement de l'ongle perdurent. Du point de vue de l'écolier, il n'existe pas de bois tendre.

La Règle Carrée Métallique, vrai lingot tout juste laminé, a la réputation facile et heureuse de sonner douze fois par jour. Sa carapace de cloche et sa résonance de xylophone en font une merveilleuse génératrice de sursauts. Toutefois, malgré son réel intérêt musical, elle est traditionnellement confisquée.

L'Équerre

Les esprits les plus obtus admirent l'Équerre et sa perfection d'angle droit. Les plus aigus la critiquent. En effet, tout dans l'Équerre — excepté l'angle droit qui, lui, s'affirme énergiquement en avançant son menton pointu — semble inachevé. Cette forme de plexiglas cède, se brise, ne tient pas ses promesses et arbore l'aspect peu soigné d'une babiole de pochette-surprise. Par exemple, son évidence de revolver est une déception presque immédiate. Ni gâchette, ni semblant de chien ou soupçon de barillet, c'est une ombre d'arme à feu, un dessin qu'il faut animer. De surcroît, la crosse se plante dans la paume et l'on se désarme soi-même avec brutalité. Quant à casser une branche de l'Équerre pour la transformer en boomerang, il ne faut pas y compter. La section ne serait pas nette, de longues esquilles se détacheraient, les bords déchiquetés deviendraient terribles, pour un résultat bien piteux. Bref, l'Équerre, et quel que soit son angle, insulte la plus joueuse des imaginations.

Par chance, sa fragilité permet de la détruire sans recours à des excuses compliquées. Il suffit d'émietter ce plat tricorne. Ses pointes se rongent et cassent aussi simplement que les oreilles des gâteaux rectangulaires.

Le Rapporteur

Moment solennel que celui où l'on apprend à se servir du Rapporteur, où l'on découvre que ce joli pont à l'arche unique, cette caricature d'éléphant vu de dos, sert à quelque chose. Jusque-là, le Rapporteur est resté au fond du cartable avec les autres objets énigmatiques ou qui semblent inutiles. Il faut déjà faire l'effort de le retrouver.

Le Rapporteur semble un hilarant tour de force : curieuse idée, cette invention destinée à tracer les courbes. Idéal pour tracer les pétales de grosses fleurs à deux feuilles dont l'une, cassée, pend tandis que l'autre se dresse. Se résigner : le Rapporteur n'est pas une règle courbe à tracer les marguerites. C'est en vérité une esthétique création de la géométrie, tout en rondeur et en douceur si on le compare à l'équerre dont les pointes rongées n'ont fait que du mal.

Le Rapporteur sert à tracer des angles et à les

mesurer. Comment un instrument tout rond, comment un demi-cercle doux au toucher peut-il générer ces angles, objets pointus, farouches, piquants et droits comme le compas, et comment, lui, le compas, tout en aiguille effilée, pourrait-il projeter les cercles ? Il faudra toute la solidarité écolière et cent récréations rassurantes pour rendre au Rapporteur sa poésie d'arche, au compas son allure de lent patineur.

Le Trace-Lettres Orange

Le Trace-Lettres Orange est une large et surprenante règle plate où sont ménagés des vides en forme d'alphabet. Pour ainsi dire, c'est un pochoir de poche. Le Trace-Lettres Orange permet l'obtention de bâtons rigoureux et d'accents remarquablement penchés. Le O est parfait, les courbes du S inimitables, le Z cruel. De cette plane imprimerie sans plomb, on peut tirer des chefs-d'œuvre de calligraphie saccadée si l'on a pris soin de résoudre auparavant deux ou trois détails importuns. Par exemple, les moules des lettres sont si profondément encaissés qu'il faut une pointe très longue pour atteindre au papier. Ensuite, les formes sont trop étroites, de sorte qu'une mine de stylo à bille n'y pénètre pas. Et d'autres énigmes encore sur lesquelles il sera nécessaire de se pencher : comment obtenir des écarts égaux entre chaque lettre ? Comment se servir des jambages étalons, communs à plusieurs lettres ? Chaque croisement, chaque interpénétration de segments sera une aventure et il faudra de longs tâtonnements pour découvrir que deux accents aigus ouvrent les guillemets, deux tirets superposés forment le signe d'égalité et deux trémas disposés verticalement celui de division.

Si le Trace-Lettres Orange fascine malgré sa rigueur et la complexité de certaines combinaisons, c'est qu'il flatte le goût pour le trait qui ne déborde pas, excite la frénésie du contour, tout à fait comme le geste ancien et idéal de poser la main sur la feuille et d'en suivre au crayon le périmètre, paume à plat, doigts écartés, repoussant la peau palmée d'entre pouce et index, pour les faire paraître plus longs, grimpant jusqu'au poignet, s'extasiant enfin sur le portrait obtenu, un peu plus grand que nature. Ces doigts blancs s'ornent d'une bague, seul effort d'imagination.

Le Flacon De Blanc À Machine

Comme les feutres ou les tubes de gouache, il est fortement conseillé de reboucher après usage le Flacon De Blanc À Machine. Plus qu'une discipline, c'est une condition. Autant dire un ordre à ne pas discuter. Certitude absolue : exposer à l'air, et plus de dix secondes, le court pinceau rêche solidaire du bouchon de Blanc, c'est formuler le souhait de le changer en bâton de craie et se voir exaucé.

Ce ponctuel pinceau de dactylographe, correcteur de fautes et censeur sans pardon, rectitude victorieuse, est heureusement détourné de sa fonction première. De surcroît, la possession de ce strict inquisiteur est l'indubitable résultat d'un larcin. Au mieux, d'un simple prélèvement, avec promesse de restitution. Son port et son transport dans une trousse d'écolier sont parfaitement illégaux. C'est pourquoi on le réserve, presque naturellement, aux jeux sinistres, aux éclaboussures mauvaises, aux saignements livides, aux visages curieux de s'orner de peintures de guerre symétriques. Le choix est intelligent.

La vertu du Blanc, c'est qu'il se nettoie à l'eau, mieux que l'encre et la poussière. Des drames de cour, ne subsistera rien.

Le Papier Carbone
Bleu Lumineux

Le verso du Papier Carbone a le reflet bleu des carrosseries métallisées. Il ressemble, de près et de loin, à un capteur solaire, un revêtement de serre, un casque de pompier, une veste d'amiante, une paume de manique, une ceinture de scaphandre, une visière d'astronaute, un guidon chromé et, concession au passé, une genouillère d'armure très fort astiquée.

Le Papier Carbone Bleu Lumineux est une feuille métallique volée à la technologie de pointe, composé de métaux rares, à l'instant découvert. Plus tôt, sa souplesse grasse et lourde eût tenté les enlumineurs, chaque manuscrit d'alors eût jailli en double, en triple, en quintuple exemplaire. Le Papier Carbone Bleu Lumineux eût été l'idole des copistes d'Alexandrie.

La feuille de Papier Carbone se prend avec des pincettes. Son recto semble fait d'un velours très fin, profondément humide et qui dégorge sur la peau. Grains assez proches.

Son nom évoque à la fois la pollution, le diamant, le charbon et le sucre, aussi le Papier Carbone a-t-il une réputation de toxique. On le manie avec prudence. Et puisque toute duplication est mystère et magie, on confectionne avec curiosité des feuilles jumelles, tout étonné qu'un stylo à bille rouge puisse enfanter une belle écriture bleue. Stupéfait qu'un poème naisse d'un stylo-plume fermé. Ébahi qu'un dessin soit possible avec le dos de l'ongle. Consterné de s'être trompé de côté, et d'avoir copié pour rien ce sonnet sans double.

Le Ruban Adhésif Transparent

Trois catégories d'objets papetiers finissent par se distinguer nettement et permettent de proposer un classement simple et fonctionnel de tous les ustensiles de rentrées scolaires que l'élève n'a ni le loisir ni l'autorisation de choisir ou d'éliminer : il y a ceux qui tachent (les Teinturiers, comme le feutre), ceux qui piquent (les Agresseurs, comme les punaises) et ceux qui collent (les Adhésifs, comme les œillets). Bien entendu, un objet peut appartenir à deux et même trois catégories à la fois.

Le Ruban Adhésif Transparent, représentant éponyme de la classe des Adhésifs, est un tout compact et solidaire, impossible à dissocier tant qu'on n'en a pas trouvé le bout. Sa longueur, d'une extrémité à l'autre, est de soixante-six mètres. Sa largeur est variable. Il peut être translucide ou transparent. Enfin, il jaunit avec le temps, sèche et se racornit.

Le Ruban Adhésif est une véritable matière première. Partout, il sert. Les instituteurs le préfèrent au sparadrap, trop connoté, pour bâillonner les bavards. Les enfants se le collent sur la peau et s'épilent. Les empreintes digitales sont conservées. Il aime le duvet des joues et l'arrache. Il s'épanouit dans les cheveux. Peut-être la fonction réparatrice du Ruban Adhésif est-elle la plus négligée au profit de l'élégance de l'épilation, la sensualité des prises d'empreintes.

Le Classeur À Anneaux

Le Classeur À Anneaux, grand ou petit format, est un intéressant spécimen de tenailles. Impossible — qu'importe la banalité de la comparaison — de ne pas figurer ses Anneaux puissants comme la rencontre, plus ou moins brutale, de deux crocs courbes. À l'instar des dents molaires, la surface du croc est irrégulière, pointue, profonde et adaptée à son vis-à-vis, de sorte que la fermeture est parfaite, sinon hermétique. Il en résulte des pinçons effroyables et des paniques de morsures. Être pris dans les mâchoires de ce piège par la peau de l'avant-bras, se demander quel fauve est lâché, avoir la présence d'esprit de ne pas tirer sur sa chair, rire de sa maladresse, trouver une solution pour ouvrir l'Anneau d'une seule main sont des préoccupations de gibier.

Outre sa denture et sa solidité de menottes, le Classeur À Anneaux permet d'étudier l'équilibre des forces et le point de rupture de cet équilibre. Desserrer l'Anneau puis en repousser lentement les crocs, tenter de repérer l'instant où ils échappent à la pression des doigts et se verrouillent d'eux-mêmes en claquant est un bon exercice de maîtrise de soi. De plus, savoir que les ressorts du mécanisme sont plus tendus que nos réflexes entretient la modestie et le respect du matériel scolaire.

On emploie aussi le Classeur dans une intention musicale et rythmique, pour le claquement très sec de ses Anneaux. Il vaut bien une paire de crotales et trois ou quatre castagnettes.

Le Jeu D'Intercalaires Couleur

On choisit un Jeu D'Intercalaires comme un clavier électronique : au nombre de touches. Il en comporte cinq, en général, mais il n'est pas rare qu'il atteigne l'octave. Ces feuilles rigides, munies d'un onglet bien visible, aux bords arrondis, permettent d'aménager le classeur à anneaux. En le cloisonnant, en multipliant la diversité de son contenu tout en maintenant l'originalité de chaque compartiment, en laissant le loisir de créer de nouvelles rubriques ou d'en supprimer, le Jeu D'Intercalaires donne au classeur un relief de secrétaire à tiroirs. Contraste avec le cahier aux feuilles chronologiques et irréparables.

Une touche ouvre un cahier mobile. Une couleur égale une matière : Calcul noir, Anglais blanc, Histoire rouge, Dessin vert, Français bleu.

Plus le classeur est garni, plus l'espace augmente entre chaque touche. Il est amusant de descendre et remonter sur les doigts l'escalier ainsi marqué.

Vite, les touches les plus jouées noircissent et se patinent. Elles se ramollissent, perdent leur vernis et deviennent duveteuses. C'est le sort du carton peint. Ainsi des anciennes marches d'escalier au bord courbe, presque ondulées, si sales que la poussière et la couleur de la poussière ont pénétré et qu'il est inutile de frotter.

Le Répertoire
Aux Vingt-Six Divisions

Le Répertoire Aux Vingt-Six Divisions est un luxueux carnet mondain. Toutes les lettres de l'alphabet y sont présentes, possèdent une chambre à soi et des espaces égaux pour s'exprimer. Rien de comparable avec les Répertoires miséreux qui accouplent G et H, par souci d'économie groupent IJK, combinent le P, le Q, enchaînent UV, entassent WXYZ. Ce ne sont plus des Répertoires mais des cadrans de téléphones antiques.

Le Répertoire Aux Vingt-Six Divisions n'a pas ces caprices d'avare. Son partage est équitable.

Un Répertoire est un puits de science miniaturisé et personnalisé, qui se constitue au fil des découvertes de l'élève. Notamment en expressions et vocabulaire, français ou étrangers. Dommage qu'il soit traité comme ces puits décoratifs à margelle peinte et imitation de toiture, où personne ne boit jamais. Distraitement rempli pendant toute une année scolaire, il prend sans jamais rendre. Oubliette à langage, il est, d'un bout à l'autre du clavier alphabétique, une cachette extraordinaire. Les mots ne se dissimulent bien que dans une forêt de mots. Piège à mémoire, on ne retrouve l'adjectif perdu que si l'on en connaît l'initiale. Et, justement, on l'ignore. Quant à feuilleter tout entier le Répertoire, on n'y songe pas.

Le pouce salit les lettres les plus exposées. Le K, le Z et autres initiales rares restent immaculés.

En somme, plus décoratif qu'utile, moins nécessaire que poétique, le Répertoire Aux Vingt-Six Divisions est un casse-tête obligatoire dont on peut mesurer l'usage à la crasse déposée régulièrement sur les onglets.

La Perforatrice À Récupérateur
De Confettis

De face, la Perforatrice est une mâchoire d'hippopotame, reconnaissable à ses deux canines cylindriques, à son perpétuel bâillement, à sa lourdeur de fonte. D'ailleurs, elle est un bloc qui met l'imagination en défaut. Il n'y a en elle aucun mystère. Aucune arabesque possible. Elle fait des trous.

Pourtant, malgré ses limites, elle autorise deux œuvres d'art et de plaisir : la copie d'une cible percée par les plombs d'une carabine à air comprimé et les Confettis de carnaval. Ces caractéristiques sont semblables pour toutes les variétés de Perforatrices.

Pour faire un poinçonneur voluptueux, attentif à son mouvement, il faut comprendre, les yeux plissés, couché sur la table pour être au plus près, comment se fait le trou. Peser de tout son poids. Activer les ressorts, faire coulisser la feuille, observer les deux pilons aux bords coupants qui s'enfoncent, les deux fragments de matière ronde qui se détachent et tombent dans le Récupérateur de Confettis. Les dents indifférentes de la Perforatrice qui remontent, déjà prêtes, à nouveau disposées. Après avoir vu trouer le papier, la curiosité devient plus sensuelle et réclame de l'épaisseur. Quand le carton paraît mesquin, on lui donne à mordre du cuir de cartable. Et puis du tissu. Les Confettis de velours sont incomparables. Les plus sombres font de larges mouches qui donnent aux mentons un air trivial.

Le Cartable

Il y a des affinités profondes entre l'écolier et le Cartable. Le mot Cartable vient du mot papier. L'écolier est un homme de papier.

Sans compter que, chaque jour, user la gomme bicolore contre la fermeture Éclair de la trousse, faire crisser le feutre pointe nylon sur ses semelles, ou bien se pincer dans le classeur à anneaux, crée une intimité de jardinier à orchidées, de général à soldats de plomb. S'occuper de ce monde pointu, barbare et fragile, soigner ses crayons de couleur, reboucher ses stylos, les rassembler dans le Cartable, pleurer quand ils sont cassés, les défendre contre le vol, les regretter quand ils sont volés, en répondre devant la famille, finir par vivre avec eux, c'est une patience énorme. Et plus qu'un royaume de jouets, c'est l'entretien d'un établi. Il y a, dans les contes, des bûcherons qui n'ont qu'une hache et qui l'aiment.

On s'habille d'un Cartable : on enfile les bretelles, il ballotte sur les épaules comme une capuche, il coupe le vent si on le porte contre la poitrine. C'est un vêtement à poches multiples. À rabats. Couvert d'inscriptions. Tellement fouillé qu'il se déforme. Nappé d'autocollants. Avec le nom de son propriétaire inscrit au marqueur trapu, sous la poignée.

On l'appelle gibecière comme s'il servait au transport des bêtes mortes. On le dote de soufflets comme s'il avait un feu à entretenir. Enfin, on l'a toujours à dos, dans une haine pêle-mêle.

La Corbeille À Papier

La Corbeille À Papier est un contenant léger, de matière plastique tressée en losanges ou bien d'osier lâche. On la porte traditionnellement en heaume, en masque d'escrime, shako de grenadier. D'ailleurs, elle représente avec assez d'allure toutes les coiffures martiales ou papales.

Cependant, le triomphe du panier de basket sur la tiare est indéniable. La poubelle est d'abord un but. De même, on la vise, on la touche, on l'atteint, on la manque de peu, on en est détourné, on en est encore loin. Les savants roulent avec soin leur feuille de papier et lancent en fermant un œil. Les artistes ne jettent rien. Les curieux déplient les boules de papier pour les lire. Les enragés font du brouillon avec tout — quitte à saccager un cahier — et tirent au but scrupuleusement, en calculant leur taux de réussite. Avec la même minutie que des lanceurs de couteaux s'entraînant sur une silhouette. Les tricheurs placent la Corbeille à l'angle des murs, pour limiter les tirs trop longs, et se servent habilement des bandes.

La Corbeille À Papier est un formidable jeu d'adresse. Le plaisir de jeter, et de jeter bien, est communicatif. On forme des équipes de lanceurs. On est triste quand on rate son coup. On jubile pour un sans-faute. On exècre ceux qui s'imaginent devant un vide-ordures et crachent leurs chewing-gums et leurs noyaux. À ceux-là, on enseigne le respect.

Le Sous-Main
Décor Planisphère

Le Sous-Main Décor Planisphère est la simple juxtaposition, sur un fond bleu pâle signifiant les océans, du vert Canada, du violet d'Alaska, de l'orange de Sibérie, du jaune de Mongolie, du bleu de Prusse. Malgré son apparente innocuité, ce pitoyable barbouillage est un danger mortel pour la concentration. Plus, une incongruité. On ne croise pas les bras sur la carte du monde. On ne peut prêter d'attention à rien d'autre. Un Sous-Main de matière plastique bordeaux, ou bien garni d'un buvard blanc, garantit une certaine somme de travail. Mais il suffit de voir le monde pour ne penser qu'à lui.

Même recouvert de plastique transparent, lavable, avec dessous mousse antidérapant, même si les mains poisseuses ont du mal à s'en défaire, si l'océan Pacifique a été percé au compas de minuscules trous d'évacuation, s'il y a un sparadrap sur la muraille de Chine à cause d'un coup de ciseaux, le monde excitera toujours un formidable intérêt. Néanmoins, son obstination a être ridicule devient ici étonnante. Noyer le tracé d'un continent à l'aide du seul marqueur trapu, dissoudre l'Himalaya avec deux gouttes de blanc à machine et perforer des lacs nouveaux sont des scénarios inédits de film catastrophe.

Avoir le monde sous la main et, précocement, le brûler, le tirailler, le déchirer pour mieux le scotcher, sont des activités manuelles utiles et nécessaires. Rouler le Sous-Main et l'on a un plissement, le faire tomber, on a un séisme. De grands cours de géologie sont inutiles pour changer d'ère.

Les Étiquettes Adhésives

Les Étiquettes Adhésives frappent, dissimulent, attirent l'attention, la détournent ; en règle générale, marquent et signalent. Elles sont les cadres bordés de bleu, de noir, où l'on inscrit son nom, et se collent comme les timbres : en haut, à droite. Quand on les retrouve, jaunies, dans un carton, des années après, elles ont valeur de photographie. Noms et prénoms ronds et curieux, très ornés, parfois de pétales au point sur le i.

Les Étiquettes Adhésives sont des sangsues, des vampires, des suçoirs, des lierres grimpants. Préféreront déchirer la couverture d'un cahier au lieu d'y renoncer. Resteront pour toujours de travers si on les a collées ainsi. Les supports de matière plastique (classeurs à anneaux, etc.) tolèrent mieux leur visqueuse amitié.

Une fois décollée, une fois soulevé son pied d'escargot, l'Étiquette Adhésive laisse une pâte poisseuse où s'agglutineront des paquets de fils, des copeaux de gomme, toute une crasse heureusement soluble dans l'éther et l'alcool à brûler.

Les Pastilles Adhésives appartiennent à la famille des Étiquettes dont elles sont les représentantes les plus colorées. Loin de présenter les inconvénients de la lignée, elles sont d'admirables disques de couleur dont on peut tout faire. Avec les rouges, se fabriquer de faux ongles. Avec les noirs, des chicots à plaquer sur les dents. Avec les bleus posés sur les paupières, un maquillage outrancier. Avec les roses, des pommettes.

Le Cahier
De Quatre-Vingt-Seize Pages

Écrire sur le Cahier De Quatre-Vingt-Seize Pages : surcharger une tricolore et belle géométrie. Les bâtisseurs de Cahiers ont construit deux réglures : l'une, dite 5×5 (ou petits carreaux) ; l'autre, appelée seyès (ou réglure à grands carreaux). La réglure seyès est la forme la plus élaborée du papier vierge. On peut se demander comment cette œuvre d'architecture supporte le gribouillis, fût-il calligraphie. Un trait rouge pâle, vertical, tendu à trois travers de doigts de la limite gauche de la feuille, en constitue la marge réglementaire. Au-delà, tout est quadrillé. En deçà, seules subsistent les horizontales d'un léger violet. Pour le quadrillage, c'est l'ordre d'un cartographe ferroviaire, c'est la projection d'un réseau électrique sur le plan de New York.

Les Cahiers de brouillon sont des œuvres précaires. Si les réglures sont respectées, le support, lui, n'est pas loin du torchon. La page agrafée est brune, épaisse, écrue, avec des fils rouges ou bleus pris dans sa trame, des morceaux d'écorce marron, tout y est inclus. C'est un Cahier de bure.

Certains Cahiers au papier velouté, blanc au point de fermer les yeux et soigneusement cousu, sont d'une grande douceur de page. Cette douceur, comme celle des lainages, des tapis, des éponges, se mesure en grammes par mètre carré. Véritables nappes où l'on va pouvoir s'étendre.

Le Carnet À Spirale

La colle et l'agrafe des cahiers n'accordent pas aux feuilles une très grande liberté. Ils s'ouvrent à plat sur la table. Guère plus de souplesse. Au-delà, c'est l'éventration. Alors que la Spirale du Carnet est un axe absolument libre, mât d'acrobate où les pages effectuent des tours complets.

Le Carnet À Spirale est, en quelque sorte, un classeur aux anneaux soudés. Il ne s'enrichit jamais. En revanche, il perd beaucoup. À cause de ce bruit délicieux, onomatopée de télégraphe, machine à écrire, fermeture Éclair. C'est l'attrait de l'arrachage qui le fait tant maigrir, jusqu'à le plumer, et le conduit lentement au format d'opuscule, de plaquette, de dépliant, de prospectus enfin. Ne subsistera que la Spirale, maigre comme une arête, et dans quel état.

La traction de chaque page arrachée, et plus encore l'extrême torsion nécessaire pour détacher la couverture, déforme la Spirale, qui se tord, s'allonge, se détend, se déroule, redevient fil de fer. Détricotée.

Entreprise passionnante que de rendre la Spirale à sa première forme de tige. Et donner corps à ce fer pour produire des sculptures molles. Filiformes.

Les Ciseaux En Acier Nickelé

Les Ciseaux En Acier Nickelé sont conçus pour élargir et pour ouvrir les horizons. Infatigablement, hachant à coups de mâchoire, ils découpent des puzzles dans les images. La moitié de leur gueule émerge de la page, bond de cétacé qui respire et replonge.

À table et suivant l'âge, les formes des couteaux changent. Le couteau à bout rond est adapté au très jeune enfant. Le couteau pointu s'offre un peu plus tard. De même pour les Ciseaux. Et le passage des uns aux autres ne se fait pas sans précautions. Un code bien strict régit l'emploi des Ciseaux Pointus. Deux lois sont impérieuses : celle qui interdit de courir avec les Ciseaux à la main, celle qui condamne tout geste brusque. Elles préviennent deux risques majeurs : s'empaler, s'éborgner.

Par excès de prudence, peut-être, il y a défaut

d'imagination. Les Ciseaux seraient de faux amis. Créer sans cesse dans le vide, faire disparaître ou bien supprimer sont des occupations lassantes. Il faudra détourner la lame pour s'en servir autrement : apprendre à friser le bolduc exige des heures d'attention et des mètres de faveur.

Le Cutter À Molette

Le Cutter est un couteau plat, à lame mince, biseautée, sécable tous les cinq millimètres afin de présenter toujours son fil le plus aigu. Et pour pallier toute défaillance du tranchant, le Cutter est vendu avec trois lames de rechange enveloppées dans du papier de soie.

Pour la netteté de la description, le Cutter est un rasoir nu. Pour continuer la comparaison, il ne diffère du kriss que par sa lame droite. Pour l'ironie, c'est la plus haute définition du coupe-papier. En vérité, sauf pour le modélisme et quelques travaux de détail, il importe peu. Ce n'est qu'un faucheur sans nuance, d'aucun intérêt, aucune utilité, aucun sens : canif de shérif désœuvré écorçant des crayons.

Le Cutter À Molette s'apparente à certains ustensiles de cuisine. Il tranche fin. Il hache menu. Bruits de marbre de boucherie, de planches de bois où l'on débite. Mais il est plus sûrement un instrument de guérilla, poignard de commando se glissant sous les chevaux pour leur ouvrir le ventre.

Vissée, intimidant cran d'arrêt, la Molette du Cutter assure la stabilité de la lame. Dévissée, elle contrôle son glissement dans un rail bruyant.

Enfin, quand le fil s'est usé, il faut briser la lame. Coutume proche de celle des chevaliers vaincus qui rompaient leur épée sur une pierre.

Le Bracelet Caoutchouc Blond

Du Bracelet Caoutchouc Blond (dit familièrement Élastique, comme s'il relevait de la mercerie), il faut se rappeler le toucher musculeux et tonique, la vivacité d'orvet, la faculté de rebondir légèrement s'il tombe, serpentin neuf, pas encore déroulé. L'odeur est celle des pneus tièdes. Le goût est amer. Il est indescriptible, le bruit assourdi de l'Élastique mâché, le petit choc sec d'émail quand les canines se rencontrent à travers lui et le transpercent.

Le Bracelet Élastique est un serpent qui se mord la queue. Il ne mue pas, il s'use. D'abord, il se décolore, se craquelle en plusieurs endroits, blanchit comme des phalanges de poing serré. Sa rupture survient peu après. Il casse. Ses deux extrémités s'éloignent. Il s'allonge, s'étale, s'avachit. C'est un ver sans ressort. On regrette d'avoir tant exigé de lui.

Autre analogie avec le serpent : sa mâchoire se distend au point de gober dix fois plus gros que lui. Il avale des volumes énormes, en fait même deux, trois fois le tour pour mieux les maintenir. Songer au boa constrictor. D'où ses propriétés de garrot tout à fait remarquables : l'Élastique change en boudin grenat le doigt qu'il serre.

Le Bracelet Caoutchouc Blond est une bonne simulation de lance-pierres. Moins fragile, plus large, il obtiendrait de remarquables résultats, pour la distance franchie comme pour la précision. Mais, eu égard à sa finesse, on ne lui donne à lancer que du papier roulé et plié en accent circonflexe. Parfois, du gravier d'aquarium.

Le Trombone

Le Trombone est un morceau de fil de fer tordu. Moins qu'un hameçon, moins qu'un crochet, moins qu'un cure-pipe. Autant dire, un outil rudimentaire forgé sans fioritures. D'ailleurs, assemblé en collier, il vaut les ornements de griffes ou de dents. Travail d'orfèvre antédiluvien. Par bonheur, quelques traits saillants viennent tempérer la sévérité de cette constatation.

Évidemment, la sonorité familière de son nom et la célébrité de son homonyme contribuent à le rendre populaire. Toutes proportions gardées, il y a un air de famille entre le Trombone de bureau et celui de la clique. Même jovialité, même bonhomie dans la forme enfantine. Même son métallique et cuivré.

Le Trombone est un objet facilement déformable ; par conséquent, une matière à sculpter sur-le-champ. Sans outil, sans préparation, on en fait un cure-dent, de quoi crocheter une serrure de cadenas, un porte-clés, une broche à deux sous, un écorcheur de papillons, des objets de l'âge du bronze, de faux Giacometti, de vrais labyrinthes. Bien sûr, on s'en lasse vite, comme de tout ce qui est inusable. Des années, le Trombone restera dans la trousse, perdu dans ses coutures, dans ses doublures, jusqu'à ce qu'une pince coupante ou une scie à métaux vienne à bout de sa faiblesse et de son impardonnable simplicité.

L'Agrafeuse

Crochet de pirate amputé, l'Agrafeuse pointe fièrement son index et son pouce rigides. Ses griffes d'acier sont rétractiles. Elle est une affreuse patte de fer à deux doigts.

Les requins bleus ont une triple rangée de dents, les serpents des crochets pairs et profonds. L'Agrafeuse, elle, possède un chargeur plein, un magasin étroit et long qui contient exactement les agrafes. Notons qu'elle a beaucoup d'affinités avec le pistolet dont elle possède l'autonomie et peut adopter la cadence avec assez de facilité.

Une agrafe vierge est un rectangle auquel manquerait un grand côté ou bien, en gros, un arceau de croquet. Une agrafe usagée est une patte d'araignée recroquevillée.

Quoi qu'il en soit, l'Agrafeuse est un outil trompeur et rusé. Ni tendre ni bonne. L'essentiel de sa tâche consiste à refermer sa poigne de fer sur une liasse de feuilles pour enfoncer une agrafe. Aussitôt pondue, l'agrafe replie ses branches et se fixe durablement.

À n'en pas douter, le bonheur de l'Agrafeuse est de pincer ou de mordre. Toutefois, si la capacité de la mâchoire est démesurée, l'agrafe ne répond pas toujours aux exigences de l'utilisateur. Elle peut s'écraser sur une couverture de carton comme une balle sur un blindage. Plier sous l'épaisseur d'un cahier. Se briser sur un paquet de copies doubles. Mais elle entre dans la chair avec une expérience d'infirmier.

La Colle Pâte En Pot

La Colle est une pâte très dense, pure de tout grumeau et que l'on applique en coulées brillantes à l'aide d'une spatule dentelée. Faire des tartines. Traverser la surface du pot de Colle avec la pelle à gâteau ondulée, c'est jouer à tracer dans la purée les fameuses lignes de l'ennui d'être à table.

Bien travailler la pâte, la couper, la scier, l'étaler avec la spatule et puis la remettre dans le pot. Laisser reposer. Au passage, dans un mouvement de libre découverte, la frôler, la trouver tiède et aussi délicieuse à toucher, presque aussi veloutée que la merde fraîche.

La Colle devient transparente en séchant. Sur les doigts, elle forme une seconde couche d'épiderme, épaisse et indolore. C'est un gant peint, qui se retire par lambeaux comme une peau brûlée à peler. Coller les unes contre les autres les extrémités de ses doigts, c'est tenter l'expérience de la paralysie. La main n'a plus de force, il est interdit de faire un geste, interdit de lever le petit doigt, interdit de penser à autre chose qu'à son poing lié. La peur est silencieuse et panique de n'être pas obéi par sa main. Le plaisir d'être enfermé dans des parois invisibles ne se raconte pas.

Demain, il faudra s'en enduire les lèvres. Et, bouche cousue, respirer par le nez avec application.

L'odeur de la Colle fait saliver. Mâchée, elle pique la langue, elle se met à durcir, à sécher, elle écœure comme un morceau trouvé dans son assiette et qui n'est pas une arête, pas un cheveu, mais un corps étranger, à vomir, que la langue agitée cherche vainement à reconnaître.

La Calculatrice De Poche

Un est le premier de tous les nombres et n'a ni commencement ni fin. Deux est un couple. Trois est engendré par deux. Quatre est le premier carré. Cinq est la divine proportion. Six symbolise le mouvement de l'univers. Sept est sacré et la somme obligée des faces opposées d'un dé. Huit est le cube de deux. Neuf est la plénitude et le cube de trois. Zéro, la roue vide, a la capacité de tout annuler. On additionne avec une croix grecque. Celle de Saint-André multiplie. Bref, le clavier de la Calculatrice est une stèle où sont gravés les signes les plus anciens, ceux des sages grecs comme des apôtres, des magiciens, des alchimistes. C'est une pierre de Rosette qui donne accès au langage des vieilles sciences.

Toutes les mémoires y sont enfermées. Des piles rondes et plates restituent à l'écran l'antiquité et le silence des savants. Cet anachronisme plaît.

Les touches de la Calculatrice sont d'une matière proche de la gomme, c'est-à-dire souple mais âpre, accrochant les doigts, les rattrapant s'ils glissent. On joue à compter sur ce clavier flexible. D'une main, on pianote. Si l'on joue vite, on est virtuose.

La Calculatrice n'est que le premier segment de l'infini. Voici sa limite chiffrée, elle n'a pas d'au-delà, n'affiche rien de plus grand : 99999999. Comme si l'astronomie, la mécanique ou l'algèbre allaient s'en tenir à ce score de joueur débutant.

L'Agenda À Mini-Crayon

De l'Agenda À Mini-Crayon, tel est le premier abord : livre blanc à crayon rond maintenu par un élastique contre sa tranche dorée, divisé en cinquante-deux chapitres que la rigueur chronologique veut impitoyablement linéaires. Ce découpage préexistant induit, pour chacun de ces chapitres hebdomadaires, sept sous-chapitres journaliers, eux-mêmes ramifiés en paragraphes horaires à double alinéa : AM et PM. Structure qu'aucune révolution, aucune réforme pédagogique n'a encore bousculée.

L'Agenda se présente comme un bref résumé des devoirs à accomplir, une mince destinée tout entière contenue dans le chiffre mesquin du calendrier. La couverture, déjà titrée et décorée, porte son millésime. On garde à portée de main ce fuseau d'avenir. Voilà l'objet visé : le futur simple.

Comment mieux apprendre à contourner, même

anéantir, les cartes espagnoles, les dés, cendres, cailloux et marcs, sables, laitances de carpe, têtes d'ânes morts, lignes de main ? L'Agenda contient, en puissance, les nombres de la kabbale, les arcanes du tarot, les dates des vacances, le jour de la rentrée, et décline les vols d'hirondelle. Orgueil d'enfant, la main tenant le crayon rond est l'ambitieuse maîtresse de ses propres jours.

Le chemin des écoliers n'a plus de raison d'être tant l'heure est devenue évidence. Nulle source d'erreur, d'hésitation, de désarroi et d'attente.

Nul vide qui ne soit déjà affairé.

Le Stylo À Plume

Le Stylo À Plume est l'extrême fleur de la trousse. Il est ce qui sèche, fragile comme un œuf, moins dur qu'un bec jaune auquel sa plume ressemble, tout aussi assoiffé. Ses attributs sont dorés à l'or fin. Son corps imite le marbre. On prend des soins infinis pour qu'il ne tombe pas sur la tête. Pour qu'il ne se brise pas le nez. Malgré tout, l'encre qui ronge et qui corrode finira par le reprendre.

Le Stylo À Plume est donc l'idée même de la fragilité. De plus, il n'est même pas pratique. Il est tari ou bien il tache, il est trop rude avec le papier, il gratte, il crisse, il fait l'écriture moirée. Comme le roi des échecs, il semble terriblement faible et peu mobile, peureux mais indispensable. Il symbolise l'or et les métaux précieux. Il est un luxe, une fin en soi, qui trace l'état définitif de la pensée sur le papier.

Les compositions s'ébauchent avec un crayon sur du brouillon, les flèches des plans s'inscrivent au stylo à bille. Ensuite seulement, quand les plâtres sont essuyés et les erreurs gommées, on recopie au Stylo À Plume. Il est l'instrument supérieur de la perfection, ne connaît que les solutions des problèmes et les conclusions des dissertations. Des tâtonnements, il n'a rien senti.

Les doigts serrés, leur mouvement, la logique de leur déroulement sont, paraît-il, inimitables. Ils définiraient l'expression unique du Stylo À Plume, modèleraient son profil jusqu'à créer, sans le savoir, sans le vouloir, leur propre outil, leur ligne absolue. C'est pourquoi, de manière générale, on ne prête pas le Stylo À Plume : trop influençable, il chercherait une maîtresse dans toutes les mains.

La Cartouche D'Encre Bleue

La Cartouche D'Encre Bleue est une outre oblongue, de matière plastique soudée, contenant quelques millilitres d'encre et une bulle d'air d'un ovale de dirigeable. Toutefois, en raison de sa forme accidentée (base évasée, col étranglé, sommet étroit), la Cartouche ne peut se substituer au niveau à bulle.

La défloration de la Cartouche neuve mérite une description intransigeante. Il faut l'avoir vue. Il faut l'avoir surprise, parce qu'elle est un poème de violence et d'application brutale. L'écolier ne se contente pas de percer l'hymen bombé de la Cartouche. Bourreau, il va faire son office. Il pousse, il se tend, il accomplit un certain travail dans l'obscurité du stylo à plume, un invisible sacrifice. Il s'agit d'arroser — avec l'encre rouge, c'est encore plus terrible — le pal dressé dans le stylo, enragé de faim et de soif. Le bourreau oriente la Cartouche et, d'un seul élan, nez froncé par ce violent effort, l'empale.

La suppliciée restera là, vissée par l'adorateur (parfois à l'envers, s'il s'est trompé d'orifice), sucée par une trompe d'insecte, destinée à servir de nourriture, garde-manger vivant, jusqu'à sa complète sécheresse, l'abandon de ses forces humides, jusqu'à ce qu'il n'en reste qu'une enveloppe dure, cocon bleu prêt à tomber.

Imaginer le long martyre de cette mince bête saignée. Se demander à quoi sert son pitoyable nom de guerre. Admettre qu'elle seule peut prétendre écrire avec ses entrailles.

L'Effaceur D'Encre

L'Effaceur est le prédateur naturel de l'encre bleue des cartouches. Son action est moins puissante sur la noire, qu'il se contente de diluer, fait tourner au vert sapin, au jaune, et pâlir. Sur l'encre de stylo à bille, il n'a aucun pouvoir reconnu.

Feutre fantôme, cruel et sensuel, l'Effaceur est un tueur sournois. Toute la vie ondulante, grouillante et visqueuse des encres, il peut la traverser, la dissoudre, la désintégrer. Arme chimique, ce vocabulaire de science-fiction lui convient. Il passe pour l'ange exterminateur des lettres tracées, leur ogre, leur dragon, leur cauchemar.

L'Effaceur vierge, c'est-à-dire celui qui n'a jamais supprimé, possède une pointe blanche, légèrement bleutée, candide mais déjà avide de violet. Ses premiers massacres sont nets. Des ravages suivants, il ne sort pas indemne. Se couvre de bleus. Se met à boire l'encre sans pouvoir la détruire, se laisse envahir. Il devient une éponge sale qui s'épaissit, un feutre gris clair, et bave effectivement des salives poussiéreuses. Quand il vieillit, la bouche sèche, il crache inutilement sur les lettres. Plus rien ne jaillit, aucune réaction ne se produit. C'est à peine s'il efface, à force de gratter, les points sur les i.

La Punaise

La Punaise reposant sur sa base est une île circulaire et osseuse, coiffée d'un palmier. C'est aussi une ombrelle abandonnée, un casque prussien, une toupie cassée, un clou de passage protégé. Posée sur la pointe, c'est un guéridon, une table de bar, un champignon au chapeau plat.

Peine perdue. Même poétisée à outrance, la Punaise conserverait son apparence grossière de disque fruste. Sans compter tous les dégoûts inscrits dans son nom.

Elle fore les pupitres et laisse un trou rond comme l'entrée d'une galerie de ver. Elle retourne les ongles. Il faut bien regarder où l'on s'assoit, sous peine d'en souffrir longtemps et de porter une cicatrice identique à celle des furoncles de cavalier. Installée dans le plâtre d'un mur, elle ressemble à un insecte contrarié par la lumière et qui ne tardera pas à s'en aller. Elle écœure parce qu'elle a d'inexcusables défauts. Notamment, détruire ce qu'elle était censée mettre en évidence. La feuille qu'elle tient au mur, elle la perfore. La carte postale qu'elle expose, elle la troue. Elle gâche la photographie tant aimée. Et c'est pourquoi elle est Punaise.

Les Œillets

En protégeant leurs articulations rondes (ces zones d'extrême tension où la feuille coulisse sur le métal de l'anneau), les Œillets décuplent la résistance à l'usure des copies doubles ou simples. Soigneurs d'athlètes, ils les bandent, les pansent, prennent soin de leurs déchirures, connaissent leur point faible. Couvrant jalousement leurs gymnastes, ils sont à la fois le sparadrap, l'écharpe qui soutient, et le poignet de force énergiquement serré. Toutefois, en raison des limites de leur application, les Œillets ne figurent dans la trousse de secours qu'après le ruban adhésif, mais avant le bracelet caoutchouc.

Il arrive que certaines copies soient déjà pourvues d'Œillets en papier argenté. Pour les autres, tout reste à faire. Et c'est un bel exercice d'adresse. Superposer la lumière de l'Œillet à la perforation d'une copie réclame une bonne acuité visuelle et des mains qui ne tremblent pas. Déborder, c'est-à-dire obturer partiellement la perforation de la feuille, compliquera la tournée des pages. Elle se fera par à-coups, avec raideur.

Pour le reste, les Œillets offrent les mêmes loisirs que les pastilles adhésives. Coupés en deux, ils ressemblent à des pâtes coquillettes ou des sourcils fournis. Dans tous les collages artistiques, ils font d'excellents yeux de chouettes.

La Plume

La Plume a perdu ses usagers. Les écoliers ne la courbent plus, les collectionneurs en prennent des photographies. Seuls les artistes calligraphes la font boire et la promènent. Elle est une vieille chienne à dos pelé, qu'on aime parce qu'on l'a dressée, dont les dents se déchaussent, dont les mâchoires ne sont plus jointives, et qui bave.

Apprendre à écrire sous la Plume relevait d'une discipline militaire. Deux plis rigides, un bec étroit, un cou large, un ventre rentré, une poitrine sonore, une descente de soldat, on l'appelait Sergent-Major, cette mécanique primaire. Et l'on passait allègrement de la fleur du crayon de couleur à ce clou qui se rouillerait.

Chaque lettre était un parcours. Il fallait lancer très haut les barres, ramper sous les interlignes, faire sa corvée de A sans rechigner, ne pas se laisser prendre aux barbelés des majuscules, viser juste son point sur le j, courir toujours plus vite.

Les pâtés retardaient et contrariaient cette marche forcée. Alors, il n'y avait pas d'effaceur d'encre. On zigzaguait comme des Poilus entre les cratères d'obus, avec nos uniformes lourds. On craignait le C des coups claquants, le G des gifles et, par-dessus tout, le R révoltant des retenues. Une heure de permanence, c'était juste ce qu'il fallait pour étudier soigneusement sa Plume, examiner sa sculpture (aussi étonnante qu'un flocon de neige sous la loupe) et copier cinq fois l'alphabet minuscule.

L'Encrier

L'Encrier est un pot de chambre en faïence ou de verre épais, inclus dans le bois du pupitre. Ne dépasse que le rebord de sa cuvette, comme dans les jardins l'émail des vieilles chiottes de planches. Il n'a pas de chasse tumultueuse, pas de couvercle à rabattre. Mais quand on le respire profondément, on se souvient de l'encre sur le bois, de cette odeur de vespasienne qui nous suffoquait. C'est que l'encre a chaud et qu'elle se décompose en séchant. Ses pigments puent, autant que des aisselles, et il y a peu de différences entre la sueur et l'urine.

On chie de l'encre. On pisse de la copie. Le maître, qui a le secret des proportions, coupe avec de l'eau minérale, par économie.

L'horizon de l'Encrier est violet ou mauve. C'est un beau ciel nocturne et régulier, qui laisse percer le secret de sa profondeur. Il est sondable. En se servant d'un crayon à la façon d'une perche de marinier, on peut aisément calculer la hauteur du fluide. En remuant, on décolle les morceaux dégoûtants d'un dépôt poudreux. Cette glu épaissit l'encre et culotte l'Encrier. L'écriture en est plus foncée, teinturière. Bien liée, la sauce donne envie d'être bue. On ne compte plus les lèvres violettes et les toux étonnées d'amertume. L'Encrier est noir comme une peau de raisin.

Le Porte-Plume

Le Porte-Plume doit être assimilé à une colonne, portant parfois des sculptures, dont on peut apprécier le fini, la forme des empreintes préformées où se refermeront les doigts, la mise en valeur de la pointe, qu'elle soit unie, peinte ou taillée.

L'extrémité du Porte-Plume est, en général, douce à la bouche. Mais l'angoisse, la réflexion, la colère en font rapidement un champ de bataille pour la langue et les dents. Percé, ramolli par la salive, sur le point d'être digéré, écrasé sur tous ses fronts, le bout du Porte-Plume est réduit en purée de bois. Pour les essences vernies, outre ces traces de labour, on relève des tentatives de destruction au cutter ou au taille-crayon. L'idée est bonne de retailler la pointe, d'ôter la cire à l'aigreur d'aloès pour avoir accès au bois brut. Le goût en est bien meilleur.

Les Porte-Plume de matière plastique colorée

sont de ravissants prototypes. Dessinés par des ergonomes, censés faciliter la concordance des forces, ils s'épanouissent largement en corolle courbe et spacieuse, de section triangulaire puisque trois doigts s'y posent. Les marques sont faites. L'équilibre garanti. Toute l'année, il faudra écrire au moule, les trois doigts dans l'ornière.

L'Essuie-Plume

Il faut être une garce cruelle ou bien un paltoquet pour étrenner un Essuie-Plume. Aimer souiller, saigner, dépecer. La satisfaction sensuelle est égale à celle qu'on peut éprouver en essuyant sa lame sur la laine du chamois tué. Sauf erreur d'inattention, donc, on n'utilise pas l'Essuie-Plume neuf. On espère que quelqu'un aura le vice de le polluer d'abord. En attendant, on use l'ancien jusqu'à ce qu'il ne soit plus qu'un cuir crasseux, sans une seule tache de limpidité, une éponge de tampon encreur prête à resservir.

Au fond, tout le charme de l'Essuie-Plume résidait dans la manière dont on le salissait. Noircir les carrés de peau l'un après l'autre, après les avoir assouplis, était la méthode prisée. Mais on ne percevait pas tout de suite les contours de la plume à travers l'épaisseur du cuir, au point qu'on l'arrachait du porte-plume. Toutefois, après quelques mois d'usage, le cuir amolli ou la peau de chamois mouillée d'encre se prêtaient mieux au lustrage. Plus que des gestes de peintre brossant le pelage d'un pinceau, c'étaient des façons de barman cherchant à essuyer le fond d'une flûte.

Utiliser un simple morceau de tissu à carreaux plutôt qu'un Essuie-Plume présentait tous les inconvénients. On se bleuissait, on se blessait. Elle était donc indispensable, cette peau de bête sale que rien n'éraflait.

Le Buvard

Le Buvard est le lecteur authentique. Grand amateur d'impressions mouillées, il est le premier à toucher la page finie, et ce qu'il garde de ce contact neuf avec la phrase fraîche, il s'en couvre le corps. Mieux qu'un transfert, un tatouage, une décalcomanie, il reçoit l'encre chaude et la laisse sécher sur lui. Érudit, bavard qui conserve la moindre trace de ses lectures et toutes ses notes, ne jette rien, le Buvard est crédule, qui croit tout ce qu'il voit. Toutefois, son goût est sûr. Il ne s'occupe pas des écritures sèches, ni des dessins durs, ni de l'ancien, ni du feutré, ni du provisoire. Il va spontanément vers ce qui est large, intense et brillant.

Ne pas confondre le Buvard et l'éponge. Ils n'ont vraiment rien de commun. Elle se sature, s'empâte ; lui, ayant bu toutes les pages, peut se limiter dans ses choix et entrepose sa nourriture dans ses veines. Regarder de près, malgré ses couleurs pénibles, les veines du Buvard. Sacrifier un Buvard en le déchirant et constater que le tracé de coupe n'est pas droit, qu'il obéit à une trame serrée dont les contours ne sont pas sûrs, s'enchevêtrent comme des guirlandes, dans un souci de gain de place. Presse-papier empli de mémoires.

DU MÊME AUTEUR

Aux Éditions Gallimard

GRAVEURS D'ENFANCE. Première édition Christian Bourgois éditeur, 1993 (Folio n° 3637)

LA LUNE DANS LE RECTANGLE DU PATIO, coll. « Haute Enfance », 1994

LE JARDIN CLOS, 1994

LE VENTILATEUR, 1995

LA VERRIÈRE, 1996 (Folio n° 3107)

ELLE FERAIT BATTRE LES MONTAGNES, 1998

L'ÉCRIVAILLON OU L'ENFANCE DE L'ÉCRITURE, coll. « Haute Enfance », 1998

LES CONTES D'APOTHICAIRE, 1998, coll. « La Bibliothèque Gallimard »

LA PATIENCE SAUVAGE, 1999

Aux Éditions du Seuil

LA CHAMBRE D'ÉCHO, 2001

Aux Éditions Julliard

L'AMPUTATION, 1990

L'ORCHESTRE ET LA SEMEUSE, 1990

LA MODÉLISTE, 1990

LE LONG SÉJOUR, 1991

LA QUATRIÈME ORANGE, 1992

LE VÉLIN, 1995

LES ÉCARTS MAJEURS, 1995

Aux Éditions Christian Bourgois

LA LIGNE ÂPRE, 1998

Aux Éditions Calmann-Lévy

ALBUM, 1995

Aux Éditions Stock

COLETTE. COMME UNE FLORE, COMME UN ZOO, 1997

Aux Éditions Champ Vallon

ICÔNES, 1999

Aux Éditions Fata Morgana

BLASONS D'UN CORPS ENFANTIN, 2000

COLLECTION FOLIO

Dernières parutions

3460.	J.M.G. Le Clézio	*Hasard* suivi de *Angoli Mala.*
3461.	Joëlle Miquel	*Mal-aimés.*
3462.	Pierre Pelot	*Debout dans le ventre blanc du silence.*
3463.	J.-B. Pontalis	*L'enfant des limbes.*
3464.	Jean-Noël Schifano	*La danse des ardents.*
3465.	Bruno Tessarech	*La machine à écrire.*
3466.	Sophie de Vilmorin	*Aimer encore.*
3467.	Hésiode	*Théogonie* et autres poèmes.
3468.	Jacques Bellefroid	*Les étoiles filantes.*
3469.	Tonino Benacquista	*Tout à l'ego.*
3470.	Philippe Delerm	*Mister Mouse.*
3471.	Gérard Delteil	*Bugs.*
3472.	Benoît Duteurtre	*Drôle de temps.*
3473.	Philippe Le Guillou	*Les sept noms du peintre.*
3474.	Alice Massat	*Le ministère de l'intérieur.*
3475.	Jean d'Ormesson	*Le rapport Gabriel.*
3476.	Postel & Duchâtel	*Pandore et l'ouvre-boîte.*
3477.	Gilbert Sinoué	*L'enfant de Bruges.*
3478.	Driss Chraïbi	*Vu, lu, entendu.*
3479.	Hitonari Tsuji	*Le Bouddha blanc.*
3480.	Denis Diderot	*Les Deux amis de Bourbonne* (à paraître).
3481.	Daniel Boulanger	*Le miroitier.*
3482.	Nicolas Bréhal	*Le sens de la nuit.*
3483.	Michel del Castillo	*Colette, une certaine France.*
3484.	Michèle Desbordes	*La demande.*
3485.	Joël Egloff	*«Edmond Ganglion & fils».*
3486.	Françoise Giroud	*Portraits sans retouches (1945-1955).*
3487.	Jean-Marie Laclavetine	*Première ligne.*
3488.	Patrick O'Brian	*Pablo Ruiz Picasso.*
3489.	Ludmila Oulitskaïa	*De joyeuses funérailles.*
3490.	Pierre Pelot	*La piste du Dakota.*

3491. Nathalie Rheims — *L'un pour l'autre.*
3492 Jean-Christophe Rufin — *Asmara et les causes perdues.*
3493. Anne Radcliffe — *Les mystères d'Udolphe.*
3494. Ian McEwan — *Délire d'amour.*
3495. Joseph Mitchell — *Le secret de Joe Gould.*
3496. Robert Bober — *Berg et Beck.*
3497. Michel Braudeau — *Loin des forêts.*
3498. Michel Braudeau — *Le livre de John.*
3499. Philippe Caubère — *Les carnets d'un jeune homme.*
3500. Jerome Charyn — *Frog.*
3501. Catherine Cusset — *Le problème avec Jane.*
3502. Catherine Cusset — *En toute innocence.*
3503. Marguerite Duras — *Yann Andréa Steiner.*
3504. Leslie Kaplan — *Le psychanalyste.*
3505. Gabriel Matzneff — *Les lèvres menteuses.*
3506. Richard Millet — *La chambre d'ivoire...*
3507. Boualem Sansal — *Le serment des barbares.*
3508. Martin Amis — *Train de nuit.*
3509. Andersen — *Contes choisis.*
3510. Defoe — *Robinson Crusoé.*
3511. Dumas — *Les Trois Mousquetaires.*
3512. Flaubert — *Madame Bovary.*
3513. Hugo — *Quatrevingt-treize.*
3514. Prévost — *Manon Lescaut.*
3515. Shakespeare — *Roméo et Juliette.*
3516. Zola — *La bête humaine.*
3517. Zola — *Thérèse Raquin.*
3518. Frédéric Beigbeder — *L'amour dure trois ans.*
3519. Jacques Bellefroid — *Fille de joie.*
3520. Emmanuel Carrère — *L'adversaire.*
3521. Réjean Ducharme — *Gros mots.*
3522. Timothy Findley — *La fille de l'Homme au piano.*
3523. Alexandre Jardin — *Autobiographie d'un amour.*
3524. Frances Mayes — *Bella Italia.*
3525. Dominique Rolin — *Journal amoureux.*
3526. Dominique Sampiero — *Le ciel et la terre.*
3527. Alain Veinstein — *Violante.*
3528. Lajos Zilahy — *L'Ange de la Colère (Les Dukay tome II).*
3529. Antoine de Baecque et Serge Toubiana — *François Truffaut.*

Impression Société Nouvelle Firmin-Didot
le 5 février 2002.
Dépôt légal : février 2002.
Numéro d'imprimeur : 58587.

ISBN 2-07-042001-9/Imprimé en France.

3107